漂流的霧派

——著

王羅蜜多

二〇二三，挖深織廣

李瑞騰

　　一些寫詩的人集結成為一個團體，是為「詩社」。「一些」是多少？沒有一個地方有規範；寫詩的人簡稱「詩人」，沒有證照，當然更不是一種職業；集結是一個什麼樣的概念？通常是有人起心動念，時機成熟就發起了，找一些朋友來參加，他們之間或有情誼，也可能理念相近，可以互相切磋詩藝，有時聚會聊天，東家長西家短的，然後他們可能會想辦一份詩刊，作為公共平臺，發表詩或者關於詩的意見，也開放給非社員投稿；看不順眼，或聽不下去，就可能論爭，有單挑，有打群架，總之熱鬧滾滾。

　　作為一個團體，詩社可能會有組織章程、同仁公約等，但也可能什麼都沒有，很多事說說也就決定了。因此就有人說，這是剛性的，那是柔性的；依我看，詩人的團體，都是柔性的，當然程度是會有所差別的。

　　「臺灣詩學季刊雜誌社」看起來是「雜誌社」，但其實是「詩社」，一開始辦了一個詩刊《臺灣詩學季刊》（出版了40期），後來多發展出《吹鼓吹詩論壇》（已出版54

期），原來的那個季刊就轉型成《臺灣詩學學刊》（已出版42期）。我曾說，這「一社兩刊」的形態，在臺灣是沒有過的；這幾年，又致力於圖書出版，包括同仁詩集、選集、截句系列、詩論叢等，去年又增設「臺灣詩學散文詩叢」。迄今為止總計已出版超過百本了。

根據白靈提供的資料，2023年臺灣詩學季刊雜誌社在秀威有六本書出版（另有蘇紹連主編的吹鼓吹詩人叢書六本），包括截句詩系、同仁詩叢、臺灣詩學論叢、散文詩叢等，略述如下：

本社推行截句有年，已往境外擴展，往更年輕的世代扎根，也更日常化、生活化了。今年只有一本白靈編的《轉身：2022～2023臉書截句選》，我們很難視此為由盛轉衰，從詩社詩刊推動詩運的角度，這很正常，2020年起推動散文詩，已有一些成果。

「散文詩」既非詩化散文，也不是散文化的詩，它將散文和詩融裁成體，一般來說，以事為主體，人物動作構成詩意流動，極難界定。這兩三年，臺灣詩學季刊社除鼓勵散文詩創作以外，特重解讀、批評和系統理論的建立，如去年出版寧靜海和漫魚主編《波特萊爾，你做了什麼？——臺灣詩學散文詩選》、陳政彥《七情七縱——臺灣詩學散文詩解讀》、孟樊《用散文打拍子》三書，提供詩壇和學界參考；今年，臺灣詩學散文詩叢有同仁蘇家立和王羅蜜多的個集《前程》和《漂流的霧派》，個人散文詩集如蘇紹連《驚心

散文詩》（1990年）者，在臺灣並不多見，值得觀察。

「同仁詩叢」表面上只有向明《四平調》一本，但前述個人散文詩集其實亦可納入；此外，同仁詩集也有在他家出版的，像靈歌就剛在時報文化出版《前往時間的傷口》（2023年7月）、展元文創出版李飛鵬《那門裏的悲傷——李飛鵬醫師詩圖集之二》（2023年5月）、聯合文學出版楊宗翰的《隱於詩》（2023年4月）、九歌出版林宇軒《心術》（2023年9月）及漫漁《夢的截圖》（2023年10月），以及蕭蕭、蘇紹連、白靈在爾雅出版的三本新世紀詩選⋯⋯等。向明已逾九旬，老當益壯，迄今猶活躍於網路社群，「四平調」實為「四行詩集」，含不盡之意見於言外。

「臺灣詩學論叢」有二本：蔡知臻《「臺灣詩學・吹鼓吹詩論壇」研究：詩人群體、網路傳播與企劃編輯》和陳仲義《臺灣現代詩交響——臺灣重點詩人論》。知臻在臺師大國文系的碩博士論文都研究臺灣現代詩，他勤於論述，專業形象鮮明，在臺灣詩學領域新一代的論者中，特值得期待；我看過他討論過「臺灣詩學・吹鼓吹詩論壇」的「企劃活動執行」、「出版及內容」，史料紮實、論述力強，此專著從詩社和詩刊角度入手，為現代新詩傳播的個案研究，有學術和實務雙重價值。

住在廈門鼓浪嶼的詩人教授陳仲義是我們的好友，他學殖深厚，兼通兩岸現代詩學，析論臺灣現代詩一直都很客觀

到味，本書為臺灣十九位有代表性的詩人論，陳氏以饒沛的學養提供了兩岸現代詩學與美學豐富的啟迪與借鑒，所論都是重點，特值得我們參考。

詩之為藝，語言是關鍵，從里巷歌謠之俚俗與迴環復沓，到講究聲律的「欲使宮羽相變，低昂互節，若前有浮聲，則後須切響」（《宋書·謝靈運傳論》），是詩人的素養和能力；一旦集結成社，團隊的力量就必須出來，至於把力量放在哪裡？怎麼去運作？共識很重要，那正是集體的智慧。

臺灣詩學季刊社將不忘初心，不執著於一端，在應行可行之事務上，全力以赴；同仁不論寫詩論詩，都將挖深織廣，於臺灣現代新詩之沃土上努力經之營之。

唯有現流仔能超越現流仔
——《漂流的霧派》讀後

詩人　李長青

1.

　　永成兄曾被台語文學的研究者劃分為慢熟／晚熟的新世代作家。窮實，這凸顯了一個重要的意義，即「星星不因顯得像螢火蟲那樣而怯於亮相。」（泰戈爾）

　　也就是說，與文字、文學的因緣俱足後，台灣詩壇迎來了一位優秀的「年輕」詩人王羅蜜多；而由於永成兄也寫小說，且獲獎連連，因此台灣文壇同時也迎來了一位傑出的「青年」小說家。

2.

　　擁有歲月的歷練，以及時間的加持，永成兄一出道就展現出殊異的個人風格，我印象較深者有三：1.新聞詩、2.台語詩（與台語小說）、3.散文詩。這三道內容或形式上皆有所不同的寫作進路，在在呈現了對於文學的思考，以及表現方式。

很明顯仍屬現在進行式的，便是台語詩與散文詩；而此兩者合而為一的台語散文詩，更成為了《漂流的霧派》這本詩集的主體（之一），以及變體。

以語言來看散文詩集《漂流的霧派》，有華語也有台語，此即詩集裡「華語篇」與「台語篇」，這可視為整本詩集的主體；變體則是混合／混融台語與華語的「混搭篇」。混搭二字，係王羅蜜多採用／沿用詩人蘇紹連《我叫米克斯》裡的名稱而來；此類作品，詩人向陽稱為混語詩。

永成兄台語華語兼擅，是優秀的雙聲道／雙語作家，因此，混語詩的寫作於他而言，當屬再自然不過。尤其，永成兄台語造詣精深，口說與書面語的詞彙量充足，語境常能靈活運使與切換，復又注重文學技巧，因此，混語詩在《漂流的霧派》裡的表現，亦有可觀。我個人也寫作混語詩，且同樣是混語散文詩，因此讀到這本詩集裡的混語作品時，感到十分親切熟悉。

3.

《漂流的霧派》紀念摯友霧派，情誼動人，霧派其人／奇人，特立獨行，是永成兄「多年來拍尻川無越頭的燒酒朋友」，也是「詩文寫作重要靈感泉源」，情篤至交倏忽離世，實慟也。

吾友張經宏今（2023）年5月告別人間，讓我很長一段

時間（迄今）一直深刻覺知何謂巨大的悵然，何謂龐雜的失意，何謂世情的零落與星散；這種感受，猶如楚辭之云：「白露既下百草兮，奄離披此梧楸。」或如白居易之喟：「冷落燈火闇，離披簾幕破。」

情足使感念，義堪遣悲懷。有些朋友注定會常駐我們心中。

因此，《漂流的霧派》裡多處寫到霧派，形象生動鮮明，例如：

> 我趨前觀察他的內心，翻山越嶺三日夜才發現，哎，果然有風。且這風經冬陽照射，已逐漸吹醒滿山醉意，復以今日之風驅走昨日之雲。〈酒扇〉

> 霧派夜來持四十二章經端坐樹下，舉杯向天，有兵駐守銀河岸，一身大布太古風。〈無相之象〉

> 亡國之後，霧派隨即辦悼念展，名曰負山春。佈展時，舉筆四顧心茫茫。〈登基〉

> 霧派解釋，遮的狗蟻字是伊食豆腐噴出來的屑屑仔，非常整齊清氣，任你檢查任你詳細，這是一種無法度抵抗的清氣，我必然勝利！〈裾角文〉

> 霧派順風霧一喀酒，面腔霧霧霧，聲音薄縮絲。〈達

摩曲跤〉

霧派講，藝術是ONN-ONN-ONN，毋過參蠓無關係。
我講，藝術是厚突突的toast，毋過參麥仔無關係。紲
落逐家攏想著韓幹綁佇柱仔頭彼隻「照夜白」。就
講，霧派是綁佇將軍柱的勇跤馬。〈洋蔥幫〉

伊全全酒味的喙瀾層層波，濺入手機仔閣噴對大目降
王羅蜜多的畫室去。〈讀片刻無所得〉

霧派隨就攑筆佇花坩頂頭畫一欉蘭草，閣兼落款：
「空谷出幽蘭，食墨生黯光，居紅塵而不染。」〈烏
白花〉

　　這些描摹與形容，無不使霧派翩然／躍然紙上，仿若來
到讀者眼前，與此同時，我們竟也能看見這對換帖如何藉由
對話與自述／旁述，道出各種見解與藝術觀／詩觀。此外，
這些關於霧派的言行描繪，舉措品評，常與文本互嵌貼合，
無礙題旨抒發或主軸的開展並陳，有效增益了文本內容對於
命題的反饋。

　　這些字句，這些情節，這些隱隱然的意念交通，這些引
燃於表象卻能延燒至內裡的思索與觀看，無不指向藝術即生
活，生活見藝術的生命觀與藝術觀。

　　《漂流的霧派》裡這些（這款）風格／風味的段落，

教我想起詩人陳黎在談及聶魯達時所形容的,「他拒斥理性的歸納,認為詩應該是直覺的表現」、「對世界做肉體的吸收」、「在詩歌的堂奧內只有用血寫成並且要用血去聆聽的詩。」這關乎秉性也關乎執著,是血與肉的呼吸,也是對藝術與生活的禮讚。

4.

王羅蜜多自述「多年來我以流動隨筆的方式產生不少作品,並稱之為現流仔。」確實,現流仔的寫作方式,所形成的意隨句流(動)、逐段成義(理),儼然已成為王羅蜜多詩文的一大特色,堪稱「現流仔體」。

關於此,我曾在一篇討論王羅蜜多《大海我閣來矣》的論文裡,提出這樣的觀察:

> 這種情形,來自於王羅蜜多在寫作《大海我閣來矣》期間,在海邊、海濱或是海口,隨時隨地觀察、思考與寫作的習慣,就像「現流仔」一樣,富有強烈的當場／現場性,以及立即性,並且寫完即刻貼於臉書(FB),憑藉直覺／感覺進行書寫與發表,不刻意考慮寫作的方向與其他問題;王羅蜜多寫作《大海我閣來矣》的方式,總是專注於當下／現下,將感受化為直截表達的文字。

　　證之於王羅蜜多「現流仔體」的作品，風格確屬如此。
讀者可能還記得，王羅蜜多過去也曾自剖其「現流仔」的寫
作心法：

> 文學日常，是我的創作理念。我的作品經常是「現流
> 仔」，不管在街上，在湖邊，在海濱，經常是用手機
> 隨想隨寫，隨時po在臉書上，如發現不妥，再加以修
> 改。這些台語文字，成為散文或散文詩或分行詩，任
> 憑感覺流動，並不刻意為之。

　　儘管起心動念或寫作方式都不刻意為之，然而，細讀
《漂流的霧派》可知，王羅蜜多的「現流仔體」顯然又沐汲
了不同的「設計」與「加工」，不只是純任自然的抒發。

　　「設計」指的是照顧到了結構與段落，讓整個文本呈出
／層出有機；「加工」意味著加料，也就是豐富了技術面的
藝術手法，讓文本更耐讀，更留餘韻。〈我帶著音樂走我即
是音樂此為音樂名為蜂〉就是很好的例子：

> 我帶著音樂走，長笛、小號、沙鈴，還有烏克麗麗。
> 聲稱喜愛音樂的友人，花貓、土狗，小牛犢都來了。
> 我知道自己五音不全，並且是嚴重的節奏無感症者，
> 但他們都深感樂趣，包括樂器和聽障者，所以我也樂
> 得充當一個眾人矚目的行走的樂師。

我即是音樂，在眼耳鼻舌身意，在蘊藏的人生進行曲裡，在漂浮的魂魄之間，無論何時何地，他們經常竊竊私語，喃喃，自動性的音樂。音樂，生活即是音樂，哀傷喜樂、憤恨釋懷，每個符碼都不斷的組合音樂。

此為音樂，此為詩，為我指端的鍵打，文字的跳躍和移動，它們還沒出現就在叢林裡發出各種不同的音頻讓水流四竄讓枝幹和鳥獸蠢蠢欲動讓神鼓擺出壯烈的姿態。音樂說，色啊，聲啊，香味觸法，一切有為者盡是音樂。

名為蜂，嗡嗡是對宇宙的回應，並非虛言，音樂只是無意中生成。這個世界本是一個沒有邊界卻不斷產生共鳴的，空。

這首詩彰顯自然之音，歌頌自然與物種原始的模樣音聲，意欲除卻任何人為與非自然因素，傾向摒除製造的、過度包裝的載體，希望還以「本來面貌」，歸于本真。

我們很難只以「現流仔體」品讀這首詩，究其因，詩中的結構與層次有效也有機的帶出了末段「空」的真義，同時，更顯出了前三段「設計」與「加工」的層層遞進，渲染漸強，讓整首詩落實以技術面豐富其藝術表現，而成就一首文學性與陌生化都適切適好的佳作。

這是〈我帶著音樂走我即是音樂此為音樂名為蜂〉優異

之所在，也是《漂流的霧派》裡許多詩作（如〈懺氣歌〉、〈洗車〉、〈通電的目睭〉、〈先知〉、〈畫圖有理〉、〈大粒卵〉、〈核〉、〈午夜場〉、〈三角形〉等）共同的特質：不過度晦澀，亦不流於過份淺白，字裡行間常留些許值得玩味、想像之處，能讓讀者產出自己的意會。

傑出的文學作品，往往具有這種屬性。

是的，傑出的文學作品，往往是這樣的屬性。從〈我帶著音樂走我即是音樂此為音樂名為蜂〉與這本詩集裡其他眾多精采的作品，可看出王羅蜜多之能寫、會寫與擅寫，以及詩之外的跨足小說，華語之外也嫻熟、關心並投入台語書寫；更難得的是，王羅蜜多重視（且能兼顧）作品中的藝術性與文學性，使他的「現流仔」寫作能同時超越「現流仔體」的文字承載與形式意義，而能表現出更多元豐沛也更精鍊的藝術效果。

茫霧中躘入魚籃的現流仔

　　多年來我以流動隨筆的方式產生不少作品，並稱之為現流仔。這現流仔其來有自，而且和吾友霧派大有關係。

　　「霧派，一人一派，打香腸求敗。」這是我戲謔的玩笑，而其他畫友可就直稱「府城狂人」而不避諱了。其實霧派生性不狂甚且近乎狷，只是嗜酒言行無厘頭，又因才氣過人經常隨興演出，且宣稱畫畫就是不畫畫，作品只送不賣，如此難免令文友既親且避，收藏家、畫商又愛又恨。

　　本名黃宏德的霧派，另號即白、負山春，現代藝術家，南台灣新風格重要推手，是我多年來拍尻川無越頭的燒酒朋友。即使後來我已極少飲酒，他依然日日連環call，隨時搭計程車現身，令我躲無可躲。不過，他可是我詩文寫作重要靈感泉源。

　　十年前，我曾在FB寫無言集，隨時記下霧派言行，連寫一百多集，遂集結計畫出版，霧派也畫了十張霧煞煞的插圖，不過後來覺得只是有趣而無文學味，就將文稿棄置了。直至去年計畫出一本散文詩集，又找出來參考，想不到他竟突然驗出癌末並匆匆別世。吾友霧派無講無呾離去，真是令

我久久不能釋懷，難以完成告別，於是這散文詩集取名「漂流的霧派」，便成為必然。

　　霧派在三、四十歲前連獲大獎意氣風發，尚能用心營造一些畫商、收藏家眼中有價值的作品，四十多歲後便以隨興隨筆為日常了。據我多年所見，他的作品經常塗畫在麵擔仔的桌面、羊肉攤的點菜單、酒瓶、西餐廳的端盤、咖啡杯上的隔熱紙、農夫的斗笠、農婦的頭巾，以至於我的襯衫、內衣，他自己的揹袋、帽子、鞋子上。這些「隨地大小畫」很自然和著生活語言、藝術觀點流瀉成河，於是踞在河邊的我，便經常可撈到現流仔了，有時甚至不用撈，就自動躍入詩文之中，宛如另類的自動性技法。

　　在之前幾本不明確文類的詩文集之後，這算是我頭次以散文詩集出版的書，詩集分為華語篇、台語篇、混搭篇，大抵選自十年來的散文詩，極少數在以前的詩集中出現，大都是未結集的作品。回憶多年來吾友霧派之言行、文字、圖像若有睿智玄機，常人不解輒來求助，霧派與我遂互為童乩桌頭。此次因應有關霧派之主題，兩個月來回顧桌頭記持並參讀隨筆記載，遂又有新作近二十首，均列入每篇之頭一輯。

　　混搭詩是較特別、也容易引起爭議的部份。歷年來，國內的作家對混搭寫作多少有所嘗試，尤其華語小說混入台語對話者為最，現代詩則以2020年蘇紹連老師的混搭詩集《我叫米克斯》特別精彩豐富，可說是現代詩對現實生活情境非常積極的回應。混搭詩，顯然比混搭小說、散文更不容

易，處理不慎可能失去其特質與意趣，變成只是表面形式混搭而已。

在我們生活語言的混搭中，最常見的是華語台語相互透濫，但有時同一字詞唸台語華語皆可。我和霧派習慣台語對話，屢屢涉及的藝術專用詞會自然轉成華語，而他習常的口頭禪「幹」（台文姦），窮實是發洩情緒的延伸用法。本書的混搭散文詩具有實驗性，字詞涵蓋華語、台語、日語、英語，相融異化語等，分為自然流動混搭、規畫性混搭、跳針式隨意混搭三類型，各具特色與意趣，讀者可在混搭篇中體驗看看。

本書中插入的圖像，很多是霧派隨地大小畫的「現流仔」，應可與詩作相映成趣。霧派已離去一年多了，但我深信伊仍在空中演練神仙尿尿法，在流霧中單翅翩飛。但願這些詩篇能與吾友一同凌風舞樂，共享寫詩就是不寫詩的樂趣。

（2023／6寫於府城柴頭港溪畔）

目　次

《台語篇》

《混搭篇》

《華語篇》

漂流的霧派

漂流的霧派

（一）

我們一起飲酒。

我問藝術，花生是什麼。

藝術說，撥開是瑣碎，吃掉則暗香，放著為孤島。

終於我們都陷入沉思，臉前一片潮紅。

（二）

假裝有約會的男人，回來了。一身都是草。

他開始畫羊，在天空，在地面，在暗室裡。

每隻都有無辜的表情。

（三）

睏未天光就來敲打多蜜羅王城，我可是四點才進來的啊。

他急著要通報的是，畫室已改名「不甚遠齋」。

然後，席地而臥。

他接著宣稱，「不甚遠齋」已是過去式了。我隨即以公雞未啼為由，關閉城門。讓這驢子悻悻然離去。

「不甚遠齋」，只是一念之間，就像他的小驢子遇見我的大驢子，便會急忙逃走，消失數月一樣。

（四）

談完佛陀出家，把經書丟到河裡，就奔馳過來了。
他水墨淋漓的奔馳過來了。
我一身是山，想要驅前迎抱，卻是動彈不得。

（五）

喜歡隨第五季風流竄的那個男人，飄到度位去了？
在蒸餾的日子裡，他把鹹濕的襯衫掛在燕窩下，然後經過陽光揮發，經過黑陰塗鴉，經過查某的雨，燕子來去幾輪回，男人還是杳無音訊。
聽說，他已經找到第七季風了，正在體驗一種晦澀心神的，風化的遊戲。

（2015）

霧派作品／2015

酒扇

這忽冷忽熱的男人，活像一支38％酒扇，紋身繞行歲月，紅了變青，青灰如墨，還有一點銀。

我趨前觀察他的內心，翻山越嶺三日夜才發現，哎，果然有風。且這風經冬陽照射，已逐漸吹醒滿山醉意，復以今日之風驅走昨日之雲。

當我仍沉鬱於記憶的淵藪時，這兀立天堂穹頂的酒扇，正獰笑著，幹！俺乃創造之母，並非只是空穴來風。

（2016／2）

霧派作品／2016

因為白的緣故

男人說／原來她那麼白是遮蓋的緣故／
我去親吻一面牆乃因為白的緣故／

暈眩於一片白肉的男人又寄信來了。這次，他讓
女人現身白紙上，木瓜顛顛危危，下半部，其實
正泡著咖啡。

我掩面經過，為了害怕那曖昧的告白。時間的香
醇漸漸流逝，女人緊靠著櫃檯來回拭去憂傷的
腳步。

重新用信紙摺蔽她細緻的肉體時，我撞牆了。都
是白的緣故。

（2013／2）

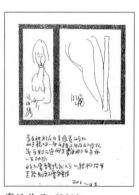

霧派作品／2013

魂魄爛醉

男人說到就到。
放下電話，醺醺而來。

看完「因為白的緣故」，他哭了，和著眼淚吞下
一杯咖啡粉。
「不可撞牆，不可⋯⋯」

在喃喃的酸澀中，我突然醒悟：
這男人魂魄爛醉，來不及投胎了。

（2013／2）

無相之象

霧派與人對弈，相仕盡亡，帥卻僅能繞行田中，
無出口。
「真牢獄啊！」

遂拆除家牆，種果樹。翌年，結實纍纍，各具
意象。
之外，則俥傌轟轟，炮隆隆。

霧派夜來持四十二章經端坐樹下，舉杯向天，有
兵駐守銀河岸，一身大布太古風。

註：佛說《四十二章經》，收於《大正藏》第十七冊〈經集部〉。
　　據說是由中天竺僧人攝摩騰、竺法蘭共同譯於東漢雒陽城外的
　　白馬寺，相傳是古代中國第一部譯出的佛典。

（2011）

登基

好友霧派大隱隱於新化。有日在老街飲酒作畫，突然落款〈宏德元年〉。但見此霧國國君開始封官加爵，並詔曰：

「為萬年之計，發行錢幣名OU，幣值美金兩倍。」

「即日起課稅，速速建設宮殿。」

「宮中先置御醫一員，御廚一名。宮外人民，暫無。」

我舉頭觀看，此君實為虛位，而所謂登基者，外光派布鞋一雙爾爾。

霧派建立宏國，登基之日畫友紛紛登門道賀，人人手持高粱啤酒、雞鴨魚肉，宴飲通宵達旦，凡舉杯必高呼萬歲。

此君雖善畫善言善飲，惜治國無方，宏國僅三天即覆亡。登基的鞋子便登上天空，飛往他方天際。

亡國之後，霧派隨即辦悼念展，名曰負山春。佈展時，舉筆四顧心茫茫。

霧派作品／2016

七月半之夜

那年七月半之夜，我們在荒野中的米窟密謀，成立米粉俱樂部。

談到米粉，其實沒人愛，畫，倒是有幾分像。

酒過三更，獨腳仙率先速寫一個美少女，接龍的我，卻把她全身扯亂了。還好，橫直子設法拉平，小心擱置椅背上。想不到，霧派一拔劍，就把她劈成兩半。

剎時，絢麗的美味流瀉地面。我們都隨著音樂嚎啕起來，就像徹夜不想離去的好兄弟。

註：
1. 米粉俱樂部，2003年成立，曾於台南原型藝術中心展出。
2. 橫直子，畫會成員之一。

（2013／8）

霧派作品／2003

我帶著音樂走我即是音樂此為音樂名為蜂

我帶著音樂走，長笛、小號、沙鈴，還有烏克麗麗。聲稱喜愛音樂的友人，花貓、土狗，小牛犢都來了。我知道自己五音不全，並且是嚴重的節奏無感症者，但他們都深感樂趣，包括樂器和聽障者，所以我也樂得充當一個眾人矚目的行走的樂師。

我即是音樂，在眼耳鼻舌身意，在蘊藏的人生進行曲裡，在漂浮的魂魄之間，無論何時何地，他們經常竊竊私語，喃喃，自動性的音樂。音樂，生活即是音樂，哀傷喜樂、憤恨釋懷，每個符碼都不斷的組合音樂。

此為音樂，此為詩，為我指端的鍵打，文字的跳躍和移動，它們還沒出現就在叢林裡發出各種不同的音頻讓水流四竄讓枝幹和鳥獸蠢蠢欲動讓神鼓擺出壯烈的姿態。音樂說，色啊，聲啊，香味觸法，一切有為者盡是音樂。

名為蜂，嗡嗡是對宇宙的回應，並非虛言，音樂只是無意中生成。這個世界本是一個沒有邊界卻不斷產生共鳴的，空。

（2012／11／27　夜與即白論畫有感）

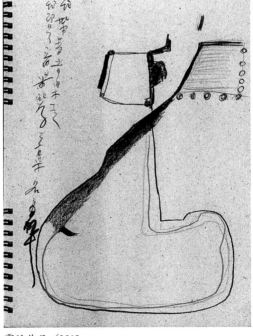

霧派作品／2012

輯二

如是我聞

突起

如是我聞。

為了平息褲檔裡的風暴，男人想了三年，改名一切是空。爾後當世人以名呼喚時，即遁入空想。

路邊的小草不解這事的真實意義，就循褲管深入秘境。在追求無上奇妙法的道途中，侵入者遭遇抵抗，而沉埋已久的兵馬亦隨之，突起。

趺坐在榕樹下的佛，竟從此滋生了不自在心。

空即色。

註：「如是我聞」，金剛經首句。

（2013／2）

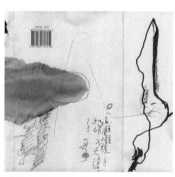

霧派作品／2013

五牛圖

那頭盯著我的牛，一臉茫然。另頭望著稀疏老草的牛，也是茫然。還有一頭牢在欄裡，等候六畜興旺的，更是茫茫然。

而在牛肉乾袋子上的那頭，伊的茫，卻是飲用太多高粱酒所致。

伊們的茫，其實異曲同工。

可如果談到不慌不忙，我竟與伊們同類了。

（2020／3）

不一樣的中秋

一群人圍著烤肉架飲酒、伐拳、鬥嘴，淹沒了肉的哀叫聲，也忘記月亮的存在。

一個人悄悄把圓滾滾的月亮偷走了，旋於孤獨的籃球架底下，玩起鬥牛遊戲。

（2020／10）

夜色三千

寂寂夜色，尚踞於此。光，經過反射折射，又回返原地，冷視著。我帶來這季的詩刊，卻翻開古老的小說。

櫃下，我揚棄了十年舊鞋。新鞋，允許露出腳趾，同時揭顯一截病態的缺陷美。櫃上，兩百年前的小說，一頁一頁流過，我只取一瓢映照。

美或不美。其實醫生說，拔除灰甲未平行施力，變異了生長方向。

遂令夜色不再，三千。

（2020／9）

午夜場

生日午夜，在黑色詭異電影VIP包場。

銀幕上黑道教父環視現場：「沒有他者？」隨即開槍掃射，立體的轟轟震攝全場，我嚇得躲入毛毯底下。

他們不斷廝殺，威嚇，但也有溫馨的時刻。我趁機享用爆米花和可樂。
午夜一時三十分，教父死了，電影散場。我走出來，向寒霜中的守門人深度鞠躬，「抱歉，久等了！」

直起身子時，他露出黑夜詭譎的笑容。

（2015／10）

日曜日的夢

幾十年了，胸口那一排兵尚未解散，依舊日日操練、構工、唱軍歌、呼口號、晚點名、做著攻山頭的夢。他們在夢裡耐心等待夜黑風高。

幾十年了？他們豈不知那山頭早已被慾念的土石流殲滅，咚咚戰鼓，盡是骨頭擊打石頭的聲音。

幾十年了！日曜日清晨的假寐時機，風雲起，山河動，是一首悲涼的歌。

（2016／10）

核

有夢最美。

黑陰的男人昨夜夢見，在仙桃山偷水蜜桃。豐滿甜蜜多汁的桃子，消解了黑陰，男人整夜嘴角微揚。

男人晨起覺得胸痛，咳了幾聲，竟咳出果核。頃刻，有女人從壁櫥現身。她用鋒利的言語刮除核上波浪般的腦紋，更以尖銳的眼神雕刻一只核舟，舟裡兩人對坐，泡茶。

浪花從窗口潑灑進來。男人倏然起身離開，奮力泅向岸邊，他不斷換氣，不停喃喃自語：這一點也不像愛情。

（2020／8）

日出金崙

金崙天主堂好多排灣族意象，晚上彌撒後先去探路。我穿過茶酒閒聊的小巷，幽暗隧道，漸聞滔聲時，鞋底已歪七扭八。遠方有白光，像是拍片。趨前……突然警鈴大作，捕快衝出帳蓬；收線之間，海底躍出一尾抖動掙扎的……啊，紅目蓮仔。

凌晨四點半再出發，到隧道口天已微明。回首，一群教友幽靈般跟隨在後。又一百步，百步蛇、祖靈、蝴蝶壁畫閃爍小白點。接著亮起大片沙石海灘，日頭神聖地浮出海平線，游過來。

（2019／8）

破口

因天空與地上的兩面鏡子相互照射，寰宇產生了破口。有狗從破口溜走，像漏網的魚。狗，原先正在蹲馬步。

劃出破口的閃電，在雷聲中示現了一個待解的巨大文字，懸置上空，忽明忽滅，正蹲著馬步。

（2021／6）

粉絲

白蟻把我的鳥畫一筆一筆吞食、消化，又釋出一點一點饒富創意的粉便。

伊們沉浸在慶祝餐會的歡樂歌舞，我卻從失去羽翼的哀傷中頹然醒來：
「繼續享用吧！親愛的粉絲。」

（2018／5）

胸椎劍突

昨夜，胸椎劍突四個字發炎了。曾經被血管過，心跳過，夢魘過的，胸椎劍突。

不意在埋藏二十二劃、三個壓力數字、一道劍氣、半顆膠囊、以及不死的繆思千年之後。今晨，文字塚竟又被不明不白的陽光持劍攻破，掠走了。

註：胸椎劍突，胸骨最下端的一塊軟骨。小時候是不明顯的軟骨，但成年後會逐漸鈣化而突出來。

（2016／5）

輯二

聖像畫展

聖像畫展

一群人邀約看聖像畫展。

伊們先出發了。我兀自駕著小舟在水城的河道上前進。我伏在船板上，用腳鰭划行。

五百年前的麥當勞，星巴克，一千年前的美術館，市政府……流過船邊。有人偶爾藉水花打招呼，聲音低沉。

展覽在三千年的老教堂裡面。我讓船輕輕靠岸，扭身，彈跳進去。守門人用吹風機幫我淨身。

聖堂裡金光閃爍的畫像圍住我，走了一圈。耶穌便拔掉十字架上鏽蝕的鐵釘，從祭台笑容滿面走下來。

祂端著紅酒，這是我的血，拿去喝吧！又遞出無酵餅，這是我的肉，拿去喫吧！

正合掌俯首感恩時，女兒輕拍我的背部。阿爸！今天是你的生日，去喫牛排吧，水牛大餐。

我愣了一下，張大眼睛說，不！我想喫素食，牧草素食。

（2020／10）

萬聖節

萬聖節，沒有宴席，戴面具的鬼偽裝成人，流浪在街。萬聖節，沒有舞會，戴面具的人裝扮為鬼，沿街叫門。

萬聖夜，好兄弟、鬼小孩都走了，他們趕快脫去房子的糖衣掀開床舖的魂魄，畫聖號。而後鬼對鬼，人對人，相互吸食起來。

（2014／10）

霧派作品／2018

七月聖餐

話說某年七月，鬼門慢開。眾鬼拍牆哭鬧，杯具！杯具！半晌，城門大開，鬼們又哭叫著，餐具！餐具！上空一群發電雞，疾疾撲入城裡。

（2018／8）

兄弟

三更半夜，客廳睡了，畫室睡了，書房也睡了，獨獨臥床似睡未睡，尚有小燈在下巴上方打盹，氣息猶存。此時，寄居多日無所事事的宅神終於移動一張小紙屑到我枕下，囑咐用腦後閱讀。

「生生死死，死死生生，不生不死，半生半死，夜間冰存，白日取用。」

俄頃，犬聲大作，赫然是掌管生死簿的閻羅王來訪，後方跟隨兩個鬼差。睡眼惺忪的我想要招待貴賓，發覺庫存空虛，一時失措，竟取用了那冰存的大體。

閻羅王大樂：「真是我兄弟啊！」

如是，我們促膝長談到五更，咸感厭倦生死。

（2013／12）

七月之亂

（一）亂入

七月鬼門開。

晚餐後，巷中人三三兩兩散步，往巷頭右轉，或到巷尾左彎。電線桿上的衣架是中立的。他們一直懸盪著，等待機會。

七月的鬼，飄浮的不定形物。可見不可見的意象們，都想趁機投胎。他們窺伺家戶的房事，偶爾穿牆亂入。

衣架也想投胎。叮叮噹噹敲打電線桿，祈求孕婦的衣物。
散步的人從兩路折返，在電線桿前相會，聞得衣架的祈禱。有一老婦率先尖叫。

天壽咧，七月時哪會使曝衫？

眾人便七手八腳把衣架都拆了，丟入回收桶。所有空中懸浮的意象竟都震顫起來。

（二）亂來／鬼月的自動性技法

七月七日，長生殿歸返。畫室座椅的老藤赫然綻開，花香盈漫。拖鞋曳引我，亂身坐下，再坐下。顏料竟懸浮。失控的手抖動著，畫筆飛過來，振翼、抖尾，一頭撞死。畫布上有我複杳的數萬個小眼。

（三）亂畫

巷子裡的電線桿多被塗鴉，惟這支還算乾淨，不過上面懸了兩個衣架。快下雨了，架上的背心和短褲早已進城，兩個衣架竊竊私語。

衣架甲：快下雨了，可是我的肩膀痠痛，希望背心慢點回來。
衣架乙：我的腰骨也痛，但下面光溜溜不好看呀！

雨未下，先打雷，城裡突然斷電了。暗地裡，有人手腳並用亂畫，塗了一群鴉。

（四）亂說

寄託在電線桿的兩個衣架依然懸盪著。主人徹夜
未歸，卻有一床棉被拚命推擠，推來綿綿細語，
語中有雨。

我頂著晨曦行過來，夾在兩個衣架中侷促不安的
第三者，倏地大叫，突然一隻名為「王來」的小
黑狗，對準電線桿抬起右後腿，久久不下。

（2020／8）

七月偷渡客

腥紅天空，一顆小小星子正在下沉。生鮮草綠上，一群阿飄拉開太空衣，裡面的器官紛紛解體，一個個向天堂彈跳而去。

（2020／8）

王羅蜜多作品／2020

失眠
——讀蘇紹連詩集《時間的影像》

（一）

下班已薄暮時分。信箱裡躺著早餐新聞，拉出來，有餿水味。還有一份牛皮紙裝封的，斑斑點點幾行字，在暮色中費人疑猜。就先擱著吧，晚餐後再來料理。

習慣性打開電視，他們正用力翻炒新鮮媒材，這些烹飪術各有宗派，二十四小時打擂台，我也拿著選台器，和很多不同地區不認識的人一起充當裁判。至於桌上那信件，再擱著吧，看完電視再來處理。

睡前，終於有機會瞄它一眼，啊，台中沙鹿，莫非？

（二）

打開信封時，一條魚倒退著游移出來，燈光與影像，瞬間滿溢桌面。

這魚起先是呈靜止狀態，後來從胸鰭，背鰭，腹鰭，尾鰭……復甦，拍打著睡眠前的鐘擺，讓時間不得不暫時停頓。

於是整夜，我眼睜睜地思考，魚從沉睡中甦醒過來的過程，即使尾鰭奮力如暮鼓晨鐘，而魚眼，為何一直不動？能從魚眼察覺情緒與心事嗎？魚眼會掉淚嗎？魚會眼睜睜地做夢嗎？

在停頓的時間裡，魚尾繼續拍打，不久把自己拍成了一本書，翻閱中的，有風的文字，紛紛掉落出來。於是我又思考，如何與這樣的一本書對抗？顯然他已侵入我的生活空間，爬上眠床，瀰漫天花板，甚至逐漸構築我的夢境，對於這樣的一本書，我又何必與他對抗？

（三）

整夜，魚鰭不斷拍打，後來天空大叫，一首詩拍了十億元，魚就翻身，展露出白色的肚皮，早餐新聞卡嚓一聲，插入不鏽鋼信箱裡。我想，這定是首新鮮的新聞詩，沒摻過餿水油的。

（2014／9／16　透早，天拍潽仔光。）

三角年

三角年

又來到有三的年，怎料他們長短不一。我想要勃起其中兩條，總因失衡而萎頓下來。

日頭穿過窗櫺。翻閱今天，心中有樹坐成三角。我們的鳥巢呢，裡面有一張三角臉，頻頻吐信。

信有險惡的年麼？吹簫吧。我認識的神說：樂聲悠揚，可撫慰世界之猛烈。

（2013／1）

王羅蜜多作品／2013

三角形

拜拜／拜久了／西方三聖愈來愈像三角形。

三個長得一模一樣，我邊拜邊想著法身、應身、報身。香燻久了，佛竟然伸手擊打我的頭說，爛透。

我傾斜紅腫的偏執望著祂，佛心是幾何抽象，佛手各有長短。

三角形／是一種開悟的獸。

（2012／12）

摩登三角形

常畫三角形，愈畫愈摩登，後來終於可以不用尺、不用筆，甚至閉著眼畫。

今夜，我又畫三角形。這山竟頂出了畫布，順著牆面越過屋脊，穿透雲層，到達那一夜，與嫦娥妹妹在摩鐵的被窩底下。

想當年，心中那塊三角鐵，可以磨成馬蹄不停奔馳，也能急轉彎在三角形的操場，不喘不吁。

最近畫完三角形，通常會望著窗外寫詩。但我一直想問嫦娥姐姐，月亮圓久了是否很無聊？還有，鐵杵磨成針，多小才是摩登？

（2013／4）

彩妝秀

春天，那些擁有三角翼的心情一一返航了。裝模作樣，搔首弄姿，這頭傾斜那角著陸。她們咚咚作響，吱吱滑行，騷噪許久才安靜下來。

都坐定了麼？面子安頓了麼？底色調適好了嗎？然後開始妝扮。改變平凡五官，強化天生麗質，掩飾駑鈍的心，修護生命溝渠，投入暈眩的潮流。起風了，波濤粼粼，亮麗的她們便手持香露依序進入愛的眼眸，觀看世界的聲音。

夏日以來，忙碌多年的三角翼一直靜坐著，滿臉正經卻又茫然。修行或假寐？我在陰涼的菩提樹下散步時，已經想著明年新芽的模樣。

（2013／6）

大三通

隨著小三通，小三變多了。

像是地震，地平線漸傾斜，a和b開始搖擺，都想攀援一個點拯救自己的人生。c是遠方的一顆星，眨眼微微笑。他們伸手，但速度有別，形成有鈍有銳的三角星。

如果他們謹慎算計速度與人生，同時抓住另一方，就會成為正三角形。那個c，可能是神、佛或生命的目標。等等。

這是心靈的大三通。

（2013／1）

大寒夜

大寒夜，返鄉的火車顛顛簸簸。有人滯在胃，有人鬱著胸，有人緊卡唧出入口，所有的道都堵塞了。

每一站瘋癲地拉扯胃腸的結節，狂嘶、糾纏，又猛烈分離。

大寒夜極悶熱。腹內好多內視鏡，明亮的、模糊的、半睜的。循著腸道的囈語，穿透臟腑翻飛出窗，衝向山的那一邊，摘取一朵小花，又彈射回來。

故鄉的河流，好急。在顛簸的車箱奔馳起來，又不斷掰開糾纏的過節，有時長嘯，有時飲泣。

突然所有人驚聲尖叫，火車撞入了一大片陰暗。我被擠出幽門，哇啦一聲，吐在1977年的月台上。

（2018／1）

神仙

設使書中的行行列列都是生命的道路，我們就曾在某些號稱神聖的道途上聽到，人是來自一小撮塵土。但是人旋即闔上書本，開始養土，慢慢成為小小山丘，終至寸步難移。於是，只好又打開書本，設使書中的行行列列都是悔恨的河流，而在某個淤積的河口上聽到，有人已變回一小撮塵土。

設使從來就沒有書呢？據說有一個不曾走進行行列列的人，他養了一輩子土，像崑崙山那麼高大，上頭林木蓊鬱，有眾多鳥獸棲息，且把燃燒糞便，視為一種崇敬的供奉。他早就忘了神的存在，自在為伊甸園。

（2014）

男根

偶然的機緣,他參與祭拜男根。

這男根是個美麗優雅的石頭,就挺立在現代化都市的中心。他一日三拜,於香煙繚繞中誦念經咒,久而久之,彷彿見到了最純粹、現代化的聖柱,頂立在世界科技中心。聽說,膜拜這男根,足以使生命完全現代化,改變人的一生。

有天,在祭拜中他發現那聖柱竟然已變成方形的摩天大樓。

他進入大樓如廁,掏出男根,突然發現它已經成為方形有條碼,而且具有現代化功能,只要對準洞口刷過就可以傾瀉,能夠拆卸下來置放上衣口袋,無聊時可以掏出來擦拭保養。

接著他又發現身軀也化為方形鼻子方形嘴巴方形眼睛方形……環顧周遭,到處都是玻璃電動門映照著方形的人方形的動物方形的樹木方形的雲朵……

他炫耀著說，所謂進步的世界，就是一切如長乘
寬這麼簡單，可以迅速把人輸入公式。而這個人
生，所有是如此平行移動，井然有序。

可是，當他正滿意地說出這規矩的世間真是神恩
廣被時，淚水卻悄悄從方形的囚衣滲漏出來，因
為，這人顯然已忘記滾動抖動釋放的樂趣，甚且
失去上帝所賜予男根的彈性。

他最後獲得的信念是，自然我們都必須回歸，在
原生的根器中。

（2012／9）

精靈的話語

整整一年，他畫自己的裸身，伴著五個精靈。鏡旁另有株六條氣根的小栽，其中一條特別肥碩的總是進入畫中。

一年整整，他觀想物我關係，發現這根器看似偉大，其實占用了太多空氣和水露，而且與開花無關。有天，他毅然把它切斷作成佳餚，分饗長年相伴的五個精靈。

很快又過一年，小栽長高了，氣根中還是有特別長的，甚至比先前被除掉的那條更肥大。花呢，倒是變小了，看似元氣不足。於是他宣誓棄絕繪畫，為了抗議藝術與那一根的關係曖昧不明。

啊啊，自然本無性，庸神自擾之。很久很久以後，森林裡的精靈都還流行著這話語。

（2014）

壁虎想進入光

壁虎往上爬，想進入光，可恨的尾巴和陰影居然一路相隨。他堅信自己前世是恐龍，可以吞食整片森林的月光，讓通體發亮，無奈今生卻落得只能追逐蚊蟲，雖然還有尊貴的身段，而且總是爬在別人頂上。

壁虎想到神的不公不義，就回頭狠狠咬去尾巴並吞食長長的影子，它們竟不斷再生。於是咬斷、吞食、懊悔，這戲碼一直重演……一天又一天，一年又一年。

神冷冷的，只是望著這個世界不說話。心想，家虎就是家虎，怎會自以為是山上的猛虎？

這虎最終絕望地跌落一個無光無影的縫隙進退不得。他回復人的聲音祈禱哭訴著，主啊，我只是想帶著尊貴與聖潔進入光，如此卑微的希望。

經過九天九夜，神動了憐憫，以無聲的言語回答：「浮塵也想進入光，只是祂們會邀影子一起來！」

床上這人總是望著天花板，進入天堂美夢。今日
很早醒來，第一次，他注意到窗前的浮塵。真
的，祂們正在時光的陰影裡，通體發亮！

（2014）

王羅蜜多作品／2014

在兩人一組的公車上

在台北

這是個來自四面八方、上上下下、平行移動的地方，顯然經過板塊推移，擠出很多小島和礁岩，最高的島嶼號稱101。

他在茫茫海上尋找伴侶，卻發覺自己既不是1號，也不是0號，更非101，只是斜躺在龍山寺礁岩旁，一碗熱呼呼的浮水魚羹。

（2014／10）

在兩人一組的公車上

妙齡女郎低頭滑手機，長髮飄向天際，隔座的年輕男子撲翅撲翅正要飛過來。突然，窗邊出現白髮阿伯攫住他的衣領，一把抓回現實位置。這一幕，在動態時報上反覆出現幾次後消失了。

站牌停車時，先是女郎下車，接著是阿伯，然後年輕男子跳上來，棲息在女郎的隔座。依舊是兩人一組的公車，繼續往前開。沒有目的地。

（2014／10）

情人看花

揾了好久才等到今晚的約會。

從身上，我毅然拔出一首花，情人慌了手腳。

「不用擔心沒有月光，會小心種的。」我安撫著。

（2013　七夕）

茶飲

一群茶飲排排座，以等待選美的姿態，搔髮拉裙，挺胸扭腰，甚或露齒笑，拋媚眼。

在紅、綠、青、烏，各有特色的內衣底面，有很多奶質濃烈的茶飲，其中更有珍珠纍纍，茶味甜熟的。我選擇了清爽的檸檬，淡淡的紅茶味，有點青澀有點戀情，就像遠從故鄉炤來床前的明月光。月光進入夢裡，簡單的幾句囈語，我一直記得。

眾茶飲怒了，沸騰起來：這款不懂品茶的人！爛評審。

我只得淡定的，繼續啜飲著檸檬紅，我的月光。

（2020／12）

書籤

廢掉籍貫，改出生地之後，他們發現了真相……出生地可以在臥室、產房、廁所、車廂、樹下、河邊，在數萬呎高的飛機上。還有，前世的前世的前世的……任何地方。

春分時候，從鬧熱的路邊摘取兩葩黃花插在水瓶裡。伊們閒聊起來了，問起出生地，都回答說：水瓶。

最後，伊們談到死亡地，也異口同聲說：水瓶。他們的話語夾帶花香一瓣瓣落入一冊翻閱中的小說，被輾平、乾燥，成為書籤。

（2018／3）

超音波

這次是左手。

超音波穿過潤乳，超二十光年，透視我洶湧的肌理。

「有謬思！」伊的叫聲，像似彈跳的空谷回音。

「要復健嗎⋯⋯」「要開刀嗎⋯⋯」

謬思，是繆思的丈夫。

（2020／9）

忍冬

ATM轉帳到「秋至」的郵局存摺，便傳LINE告知：「忍冬已匯」。秋至回了一個「什麼」的鬼臉。

我說，這是經「形色」花草辨識的結果。有黃有白有烏溜眼眸的忍冬，又名金銀花。意即，忍過這個冬天，就有花不完的金銀。

你的形色愈來愈鬼了，秋至的貼紙幽幽，手機裡的形色，卻嗚嗚大笑。

註：形色App，花草樹木辨識軟體。

（2019／9）

洗車

洪水前，我收回所有觸角，緊緊蜷縮在透明的括弧裡。神提著一串不定形意象經過，那淋漓的體液流淌著，空檔啊，生死間的刪節⋯⋯

漂浮的隱喻像來世母胎，讓我暈眩，疲憊的逗點沉沉睡去。夢裡，神以唇語唸出歧義的接生詞，在外拍打。

再度伸出的觸角是一聲長嘆！我發現幾個遠古文字隱隱約約的推開破折，準備重新來過。

（2015／6）

王羅蜜多作品／2015

洗衣機

每次凝視洗衣機，就有坐進去的衝動。看哪，她浸泡、洗滌、脫水一次完成，多麼嫵媚迷人。

今夜，我終於果敢坐進來，醺醺然，飄飄然，隨之震盪旋轉。曲終時，洗衣機與我都潔淨了，所有折磨、傷痛與未竟的夢想，一次完成。

（2013／8）

《台語篇》

身騎白馬

身騎白馬

聖殿騎士騎白馬隆隆來，伊攑一條幼麵麵、金爍爍、直溜秀、利劍劍的線，共人間的暢樂佮哀愁剖做幾若橛，後面跟綴一芭無名火。

罕得受氣的耶穌眅惡惡罵伊：你的鐵帽咧？胸甲咧？

慈悲的觀音媽替伊求情：化做詩矣，攏化做詩矣，伊用詩抵抗憂鬱的敵人，以及快速漚爛的世界。斟酌看，伊攑彼條直溜秀的線，已經迵去到天堂矣！

（2023／5）

裾角文

霧派開喙講欲個展,就開始展矣。

伊的作品攏藏佇衫仔裾角,一展開,大群的雲尪霧嘎嘎傱過去,觀眾袂赴通看,便已經結束矣。

霧派恐驚逐家無夠氣,要緊共衫褪起來予人看詳細。竟然順衫裾角,有千千萬萬的狗蟻咧行軍,逐家看甲目睭轉輪。

霧派解釋,遮的狗蟻字是伊食豆腐噴出來的屑屑仔,非常整齊清氣,任你檢查任你詳細,這是一種無法度抵抗的清氣,我必然勝利!

講煞,隨就雙手摠領領大力揌(hiù)一下,千千萬萬的裾角文落落塗跤,走甲無半隻。

(2023／5)

達摩曲跤

達摩化身躼跤鳥，曲一跤，另一跤跟綴湧花直直跳，跳甲身軀溶了了。

霧派順風霧一喙酒，面腔霧霧霧，聲音薄縭絲。

「毋免抽象自然抽象，抽膦的就是咱的。」
「抽膦的聽好提來買燒酒，招達摩做伙啉。」

紲落兩個那啉那笑，有象講甲無象，有啉叫是無啉。

（2023／6）

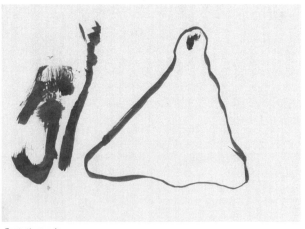

霧派作品／2013

袂痛帖

半暝精神，雄雄看著霧派藏入霧內，要緊远上鐵馬追過去。伊攏無越頭，霧愈來愈厚，我來到關廟街頭，閣幹入巷尾黃家青綠綠的埕斗，撽頭看向雅氣寂寞的古厝。

霧派竟然佇天頂伐大步，見鞋無見跤。又閣舞弄一片單翅，有翅無身軀，喙內詵詵唸：

「畫圖就是無畫圖，一塊嘛毋是，幹！」

幹幹幹三聲了後，一卷宣紙對頂頭垂落來，沓沓仔褫開，原來是伊寫的「袂痛帖」。

（2023／6）

霧派作品／2012

霧霧

霧佇霧中擇一枝霧霧的筆，向準西瓜園。一粒西瓜無講無呾必開，現出霧霧的紅心，霧霧仔開喙吐墨，用喙舌佇紅心頂頭寫一字霧霧的「霧」。霧沓沓仔淤出去矣，閣溼落塗跤底。

流沙也霧去矣，一群鱸鰻藤勼（kiu）入去攬抱家己的底蒂，一欉一欉直直蝹落去。霧霧的蝹，一跡一跡佇白霧霧的圖面，興圖的人，目睭齊霧霧。

（2023／6）

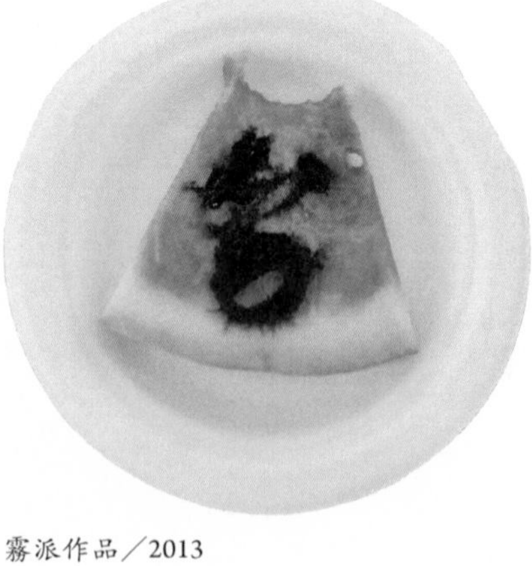

霧派作品／2013

洋蔥幫

霧派、計程車司機阿隆佮我，三人談藝術。面頭前囥一粒洋蔥，講一句剝一瓣。

霧派講，藝術是ONN-ONN-ONN，毋過參蠓無關係。我講，藝術是厚突突的toast，毋過參麥仔無關係。紲落逐家攏想著韓幹綁佇柱仔頭彼隻「照夜白」。就講，霧派是綁佇將軍柱的勇跤馬。

恬恬的阿隆雄雄喝聲：hông幹是啥物？彼隻馬柱跤攬牢牢是咧創啥貨？藝術是戮（lak）柴起火，毋過參火無關係。

霧派雄雄用雙手做一下剝開洋蔥，逐家目屎汪汪流，攏參波伊斯無關係。

註：
1. 《照夜白圖》是唐朝畫馬名家韓幹的一幅作品。畫中所繪係唐玄宗的坐騎「照夜白」。
2. 波伊斯（Joseph Beuys），著名的德國行為藝術家，主張人人都可以是藝術家。

（2022／7）

hî
啊
hû

彼一工咱本底相招peh山予猴看，結果是落海去
撈魚鰻。你用草笠仔承，我褪長褲束跤尾，那撈
那踅那唸經，煞撈著一群尾翹翹的靈魂。

共靈魂倒鉤掛，牽一排長長佇海沙埔呦呦掣，咱
相紲唸祭文，你講hî啊hî，我接hû啊hû，一个痟
狗湧拍過來，逐尾起交懍恂轉柑仔黃，參欲落山
的日頭全色水平溫馴。

符啊符，魚啊魚，余啊余，倒鉤掛的靈魂開始嘈
嘈趒，我叫現流仔啦現流仔，你講啥物攏看無，
大海喝講伊也全款呢……閣共音聲拖咧四界踅。

（2023／7）

憁氣歌

天已經暗矣，日頭哪無欲落山？天已經光矣，大隻雞哪猶毋啼？春天來矣，你的心肝直直無發穎。

為啥物規塗跤的油彩，未曾用就溶去？為啥物桌頭的38仔，猶袂啉就焦去？

敢講天若無照甲子，藝術仔，就無照倫理？

憁氣啦憁氣，毋管壁角彼罐是啥物，要緊提來試。

註：38仔，酒精濃度38%的金門高粱酒。

（2017）

霧派作品／2013

冬節圓

冬節圓

連一禮拜讀驚心散文詩。今日欲暗仔，兩粒目睭仁煞跳出來，落佇siat-tsuh的長手裾(ńg)，變做鈕仔，束牢牢。致使我的雙手干焦會當勻入身軀，閣再對胸崁伸出來。

伸出來的雙手，直直挲面，挲甲圓輾輾，挲出一群冬節圓，佇塗跤砝砝輾。有的白雪雪，有的紅牙紅牙。

半身不遂的阿母，雄雄落床行過來，共塗跤的冬節（tseh）圓抾做伙，搝做我的面，共目睭仁鬥倒轉去。

阿母閣敨開手裾，予我的手骨髏過。伊驚一下吐舌：哇，一冬爾爾，哪會發甲遮爾仔長！

（2020／12）

五
月
雪

五月連鞭到，淡薄仔翕熱。

我照常逐暝佇半身不遂的阿母的眠床邊拍開視訊。line親像極速的空拍機，三秒間就對府城拍到多倫多，予阿母參阮小妹面對面相會。

小妹雄雄講落雪矣！紲落去厝前厝後，捧一寡白雪雪傳過來。阿母伸手摸一下，有夠冷呢！歡喜甲親像五歲。

（2021／4）

鳥仔

幾若冬囉，目尾附近有一个痕（khi）。逐時照鏡，伊會掠我金金相，親像欲講啥。

有一工看伊憂頭結面，雄雄想著，一定是屈甲真鬱卒啦！我就共伊畫一副翅股，「去！放你自由飛矣！」

無疑悟伊日時毋出門，暗時颺颺飛。有時飛上天庭，有時捽過目睭，有時閣來歇佇喙角踅踅唸。閣較魯的是，有時會徛佇鼻頭，予我鳥屎面。

擋袂牢啦！因為一再警告也是無路用，趁伊咧睏我緊去揣醫生。這个醫生真高明，用鳥摒仔摒三下，伊就死死昏昏去矣！醫生閣予我藥膏，講一日抹兩擺，才袂閣活起來。

為啥物，下暗煞睏袂去。敢是咧懷念我的鳥仔呢？啊，我青春的鳥仔，一去無復回！

（2017）

天光進前的故事

半暝歹睏，起來捋壁。捋了無趣味，規氣用戮
（lak）--ê。

我用指頭仔做lak鑽，佇壁牆頂一塊一塊lak，一
字一字刻。所刻的文字攏無全，攏有獨立的性
素。我閣用拳頭拇做損槌仔，全部敲（khà）
掉，想欲組做一首詩。可是毋管按怎排，逐句都
是詩，逐句攏毋是。想無。我規氣用身軀做黜塗
機，全部共黜去捋掉。

按呢就甘願矣！捋上眠床頂，一醒到天光。

（2021／5）

天眼

暗頭仔，踮十字路口的亭仔跤食茶、幌跤，看一堆機器狼、市內虎相戰，是上心爽的代誌。你看，in佇海洋化的城市搶灘登陸，比手劃刀，催嚨喉嗆聲勢。in的攻勢嶄然仔激烈，毋過，上捷用的戰法是，相閃身。

相閃身是誠驚險的攻勢。因為佇先進的戰爭中，若一下閃無好勢，凡勢就傱甲血獅獅，碎糊糊。

戰場四邊各有三蕊目睭眨眨nih，做裁判，喝暫停，干焦我這爿加一蕊。這蕊浮浮，佇我的頭殼頂瞪甲雄介介，敢若牛魔王的目睭。

（2020／10）

露螺

日頭赤焱焱，有殼的會使勻勻仔趖，無殼的愛緊行。

看起來是後壁這隻較歹命。毋過，落尾攏是有殼的走去餐桌頂，無殼的佇草埔仔自由行。

有一工，伊手腕掛一隻露螺去小姐部啉酒。規堆半ló老的緊緊起動馬達，駛入來這個搖搖擺擺的殼裡底。恁攏毋知影，有一隻無殼的蜈蜞（ngôo-khî）恬恬仔旋（suan）出來矣。

這個時代，連遮也流行小鮮肉，真正是，唉！講進化，尾tàu也是無殼的變有殼，有殼的變空殼。唯一全款的是，攏會唱歌佮牽詩。

（2017）

皺皮水雞

一路行來，真濟所在有大粒石頭，頂面刻古早詩。前幾首看起來袂穩，毋過橋邊這首，敢若有一點仔油。我講煞日頭就落山了，古早的詩人也跳入水底，無影無蹤。

吊橋面頂有一寡人咧翕相。查某囡仔激姿勢司奶笑，少年家搝快門嚓嚓叫，規湖的情意搖搖幌幌、閃閃爍爍。只是我這個風情不解的遊客，干焦會當共in的笑聲收入冊包內，回轉去寂寞的所在。彼个所在，有一隻皺皮水雞佇古井外，噗噗跳。

（2017）

「鬥」字

蟋蟀仔鬥甲掠狂，共觀戰的目睭毛咬去做翅股，
化身鶆鴞（lāi-hioh）竄上天。

土狗仔鬥甲起痟，共使弄的喙脣皮拆去包跤蹄，
躂（tshê）甲規片土地攏流血，哎喲喂！

大寒足久矣，伊原在有耳無喙，直直用耳仔佇壁
頂寫「鬥」字，對頭大面四方寫甲猴頭鳥鼠耳。

（2018／2）

王羅蜜多作品／2011

生
臊

五月，鹿仔樹的菓子紅矣！

毋過鹿仔有e覕佇深山林內，有e桍佇欉仔內，只好雨神來收成。伊一箭射三粒，射一堆鋪排規塗跤，邀請一群胡蠅食生臊。

迒過五月憂鬱，我的跤步拄好到位。胡蠅誠好禮，展翅、揆手，大聲喝咻：「嗡嗡，來來，做伙來食生臊！」

（2020／5）

先知

伊外號諾仔，逐時佇阮門口指天揆地，喝咻末日到矣，要緊疏開。伊代先走，去覘佇家己的胸坎內底。彼是一台空殼車，無肚腸、無神經、無血脈。

諾仔逐工捒車佇亂世玲瑯走。有時荷蘭王，有時鄭成功，有時乾隆君，有時能久親王。伊會曉足濟語言。

有一日天落紅雨，諾仔拍開胸坎爬出來。伊操鯊魚劍，東南派佮西北派大戰三百回合。無偌久，竟然雲開月明，雷公爁爁齊恬去。

我予伊的神通驚一越，倚去窗仔邊探看覓。哇勒，#&%@，規腹內香爐香火符紙，佮一大疊參上帝往來的批。

我的老鐵馬，無張無持家己蹔翻頭。頭家緊走，末日連鞭來矣！

（2020／6）

行棋

兩軍對削，棋盤用尖刀刻佇石頭頂。

主帥坐禪規工，久久才盹一下龜。軍師是淺根的旗，綴日頭杳杳仔斜落去。

百年樹王公規身軀果子，飼一族粟鳥仔。逐時陣，樹跤的軍師若喝，食啦食啦！粟鳥仔就展翅唱歌。

主帥老神在在，棋盤落甲全屑屑仔攏無感覺，軍師顧喝食，頭殼全鳥仔屎，強欲倒旗矣猶毋知。

這是一條老街老樹跤的傳奇，我拄好行過，自然挽一mi樹葉仔，挾入歷史的筆記。

（2020／1）

板機指的傳奇

東南西北風輪一回矣,伊原在想袂清楚三粒椰子的代誌。起因是板機指。

指頭仔歹伸勻了後,伊才知影,會當自由用佇男女、食慾、寫字種種,誠是幸福。

三粒椰子經過大肚、結子、落落來,無人插伊,干焦牛罵社的風直直哭。佇楓樹跤,伊伸出手捹,用和解、用話術、用和平獎治療板機指,一工閣一工,到甲楓仔賰三mi紅葉的時。

透早無講無呾,天頂有戰鬥機仔飆過,嘛嘛吼。三粒重再大肚的椰子頷頸伸長哇哇叫,牛神咧相鬥?對塗底鬥甲天庭?這拍算是從咱祖祖以來,毋捌發生的代誌。

板機指pok三聲,三粒椰子猶閣落落去。

（2020／10）

彩色雨

彩色雨

敢若天頂破空，雄雄落七彩的雨。一觸久仔爾爾，甜根仔草爬甲規溪埔。

一隻大龜對骹邊peh起來，經過肚臍，胸坎，煞佇島嶼的額頭徛旗祭祖，宣佈：甜根共和國。

有夢上媠。這是頂個月，十月的一个暗暝。我共定做建國紀念夜。

（2021／11）

情人節

一粒予人受氣的球，佇頭殼頂轉踅幾若暝日矣，誠是接載（tsih-tsài）袂牢，就用飯匙銃彈落去。

piàng一聲，十支喙九隻貓做一下搣出來，猶是摸摸挵挵，情話綿綿纏袂煞。

日頭月娘看甲面仔憂結結，干焦吐氣，毋知欲按怎。

（2023／2）

摔死猴

庄跤的古早猴攏颺佇山頂，市內摩鐵的現代猴也禁止㨣矣！所以，這馬的「摔死猴」愛回轉來叫「檸檬桉」。你看，五月底爾爾，皮遛了了，規身軀對頭滑甲尾溜。人佮猴，攏毋敢peh起去。

而且，拄才我干焦佇樹跤歇五分鐘，這陣食茶食飯啉咖啡，閣包括行過的人，全部攏是檸檬味。

註：檸檬桉，別名油桉樹、檸檬香桉樹、猴不爬。台語俗名摔
死猴。

（2020／5）

電居

彼个鳥居呆呆擠佇人居內底足久矣。

面頭前兩枝粗勇的水泥柱造作的「電居」，三个圓棍棍的神明坐甲好勢好勢，是雷公派來的。天照大神鬱卒佇心內嘛無法伊，只是有時用日頭雨訴哀悲。

「電居」邊仔有一寡栗鳥仔，閣四常踮電線頂歡喜唸歌詩，真正毋捌代誌。

（2018／6）

王羅蜜多作品／2018

通電的目睭

這蕊嶄然仔大的目睭，已經歹去矣！我無想欲修理，窮實也足久無參伊相相（sio-siòng）。因為佇這蕊大目睭內底，有足濟細个喙，逐時眨眨liap，見擺講一寡麵線話，閣兼咒誓予日頭曝。

通電的目睭已經歹去矣！誠好，莫閣修理。不而過，這馬煩惱的是，伊敢會變做一堆通天的目睭，閣活起來。

（2020／11）

唸咒

莽莽乾坤，嘔出來的時事，逐時予人憂鬱不安。雲頂的網軍，暝日炸來炸去，世間茫煙散霧。不如，坐落來看一本奇怪的科幻小說，娥蘇拉・勒瑰恩的《風的十二方位》。

看甲頭殼楞楞，跤浮浮，便來襯開一張芒星圖，踏七星步，唸咒語。按呢按呢……就召請來一個五百冬前的平埔族姑娘，學習伊的族語、歌曲、做穡，佮祭祀文化。按呢按呢……閣奉請一個五百年後的老阿伯，請教島嶼的時事，族群政治的種種。in的語言聽無啥有，愛兼比跤畫手，三个人比甲身軀攏浮浮。

雄雄一陣涼風吹來，誠心爽！毋過芒星圖煞飛無去，兩个加起來離一千冬的鄉親，也走甲無影無跡。

（2020／8）

提金牌

「真gâu真gâu，出國比賽！著冠軍，提金牌，光榮倒轉來！」

想著這首囡仔歌，我的精神振作，跤手猛醒起來。毋過我嘛知影，欲提金牌，定著愛一直敁（pa）球的頭殼，共伊敁甲死來昏去，翼股斷離，死黏佇塗跤，袂閣倒轉來。

這一工，我出國比賽，誠是共對手敁甲黏佇土跤，提著金牌。一時陣，我聽著規个島嶼敁的物件的聲音：海湧敁礁石，大雨敁門窗，阿爸敁膨椅，阿兄敁桌頂……閣有濟濟的同胞咧敁家己的大腿，喝講真gâu！真gâu！

美麗的世界！上帝看甲足歡喜，也無張持敁一下，地球煞加轉一輾，回袂轉來。

註：新聞摘要／2021／7／31中央通訊社報導，台灣羽球男雙搭檔李洋、王齊麟，今晚出征東京奧運羽球男雙金牌戰，一番激戰成功拍落中國組合，奪下金牌。

（2021／8）

狗尾風

狗尾風

佇府城，我歇睏的所在是樓尾頂的房間，佇鐵厝蓋下面。有一隻電風逐時規暝歎氣，輕聲細說。氣流經過跤縫飛入骹邊，並無名字，我就叫伊「風」。

四月焦涸涸。規厝蓋、街路、溪流、水庫，規山頂，攏咳咳嗽（khuh-khuh-sàu）。風，原在輕聲細說佇床尾，一直到昨暝落大雨。

落大雨的時，我無張持傱入去雨聲內底，綴伊去peh山。山有三千公尺懸，頂頭有一群虎尾蘭咧搖尾，兼畫虎膦。

我老矣！跤路無好，peh一千公尺就頓落來坐。風揀一臺雲倚身，來，用這台送你上山頭。我搖頭謝絕，越頭寬寬仔落山，才略略仔回復精神。這陣，雨拄好停，窗仔外有一菢狗尾草當咧搖尾，閣斟（sìm）狗公腰。

風，繼續吹骹邊，毋過聲音喈喈（kainn-kainn）叫。

（2021／4）

金身

巷仔底水溝邊，必巡的跋桶滲漏的一屑仔澹，竟
然暴出兩枝紅幼的小花。in的枝骨有參仔氣，毋
過名聲無好。野人、土人、青人、紅人、假參，
用族群輕視串做一揰袂鍊。

一隻臭羶鼠來矣，跤步像鼎邊趖。伊的運途坎
坷，干焦偷食淡薄仔物件止飢，就人人喊拍。

今年新春，臭羶鼠雄雄攑頭看著紅紙「金鼠報
喜」，一時心爽，感覺身軀金爍爍，就大範大範
peh上跋桶，疊環坐，姿勢真鼠。

過路人看著伊，攏合掌參拜。「iaunn—新年恭
喜！」叫聲誠貓。

（2020／2）

金鉎

半暝睏袂去，想著早起跋落花園含笑歸土彼隻粟鳥仔，緊起來共伊安金身，一重閣一重，安甲金爍爍活靈靈，強欲飛上天。紲落換我規頭規面規身軀熱烘烘，要緊傱入來沖洗。

無疑悟，濺甲規浴間攏是金仔粉。

註：鉎：sian，鏽。

（2020／7　大目降畫室）

春牛

春天寒gi-gi，犁了一坵西遊記，要緊覕入家己。佇燒烙的身軀內，對這房徙過彼間，兩坪三坪詬詬唸，喙內哺e，攏是夜婆的文字。

窗門外，犁田機大聲吼。牛魔王霆雷，驚死一群白翎鷥。

你猶原勻勻仔來，拖著溫馴的跤蹄，三步一卷雪。向望到甲燒熱的日子，化做大海，一湧一湧揀出去。

（2020／2）

霧派作品／2014

城

一百年，兩百年，已經袂記得偌久無人攻城矣。

城，身軀攄清氣，畫目眉、剾喙鬚、戴新帽、穿新衫，穩心仔踮路中央坐落來。攻城的人，守城的人，in的囝孫騎車駛車出出入入。若問過去事，城，喙開開無半句。

我peh上城的尻脊骿，一欉大樹徛風頭，搖兼跳，舞規身軀力喝咻。我擔頭雄雄驚一趒，按怎伊的頭殼是一个夭壽大的鳥仔岫？內底傳出驚惶的叫聲，毋過無鳥仔飛出來。

城，共我nih目睭。新時代的趣味，愈驚愈心爽啦！

（2020／3）

浪人鰺

位西海岸透過來的風，飛過五條港，拋過赤崁樓，佇三份仔山踅一輾，閣越頭，揀一苞雲，飛向我遮來。

雲內底有一群浪人鰺，較臨一千尾，逐尾流目屎，每一滴目屎攏是雨。

（2020／8）

搬戲

半晡仔，一棚大戲tshih-tshah叫，搬予mooh踮頭前的破粉鳥櫥、舊冰箱、歹家私頭仔看。

柴頭港溪佇邊仔偷看，看甲喙開開，溪水毋知通流。我佇邊邊仔偷看柴頭港溪，一隻白翎鷥鼻著羶（hiàn），唒呼，衝上半空中，翼股停止……等甲炮聲恬靜，煙火消失，鑼鼓繼續tshih-tshah叫，才閣飛落去。

（2021／4）

微風

微解封。手袯內紮一本舊詩冊，半張皺襞襞的白紙，來新戀的溪邊。溪底的輪傘莎草直直撲手，笑甲滋微滋微。曲跤恬靜看天的白翎鷥，翼股雄雄搬一下……緊來，這跡有風！

（2021／7）

《台語篇》 輯四、狗尾風

131

千草佮白米

我佇飲料店寫小說，雄雄稿紙予冷風掠走去，閣寬寬仔飄落塗。一隻白狗傱過來，雙爪共稿紙揀（tàng）牢牢，另外一隻烏狗相縫行動。原來是小說拄好寫著肉骨，寫甲芳貢貢，寫甲兩隻狗喙瀾瀾瀾津。

店頭家緊出來共喝走，將澹黏的肉骨搶轉來。想袂到我煞一時心頭軟，閣再寫較濟的好食物。兩隻狗就按呢目睭金khok-khok掠我的骹邊金金相。

烏狗名千草，白狗叫做白米。

（2021／1）

烏狗

子時／

我佇99巷參烏狗pulu相閃身。伊拖一條長長的烏影。無張持我予烏色的線條絆倒，叫伊閣叫袂停。我起毛穤（bái）摸住烏線，直直搝……搝甲pulu消失去。

我想欲共叫轉來，無疑悟出喙的聲變做用吠--ê。我看家己的身軀，已發出烏色的狗毛，摸面也觸著長喙管。我大声喝咻，煞喈喈叫！阮某對厝內走出來，「pulu！pulu！半暝矣，莫閣吠矣！」，伊目睭展大蕊，閣拍我的頭殼。

卯時／

50冬前，我是一隻烏狗。有一工偷咬雞，主人誠受氣，招幾若个老芋仔欲共我料理掉。in用索仔束領頸，共我吊上簾簷跤（nî-tsînn-kha）的楹仔。in相爭挲我的肉體，用捲大舌的嚨喉声喝讚！「一烏二黃三花四白，烏e上好食！」in閣攑鐵鎚仔共我摃昏，紲落斬頭，剖腹，共肉切一角一角，燉高貴的漢藥。

有一个紅鼻頭tshio記記的士官長仔，搶著我的鞭，歡喜甲擋袂牢。

亥時／

500年後。我閣來到99巷，走揣pulu的形影，規个塗跤齊必裂，四界茫煙散霧。

我經過子，丑，寅，卯，一時一時巡過去，無見著pulu，干焦有木蝨虼蚤的烏影。in拖一大堆長長幼絲的烏線，共我絆跤絆手。這擺，我無共挦，任in共我綁規毬，變一粒皮球。

跳跳跳，盤過一巷閣一巷。我踮999巷停一擺，化做pulu，紲落用走--ê。徙過9999巷的時陣，成人。

（2021／2）

王羅蜜多作品／2021

《混搭篇》

本篇的台語使用標楷體

神仙尿尿法

讀片刻無所得

這箍人招七星啉燒酒，啉甲跋兩粒落來，賭五粒佇遐顫咧顫咧，親像择袂好勢的酒杯。

這箍人轉去畫室啉佛仔茶兼看冊，冊名《蟬菴群書題識》，作者昌彼得。一翻開，「欽定天祿」雄雄跳出來，tshuā烏崁崁的文字規厝間琳瑯趖，有的趖壁堵，有的peh天篷，閣有一群飛去揣天頂的五粒星。伊全全酒味的喙瀾層層波，濺入手機仔閣噴對大目降王羅蜜多的畫室去。

「好冊啊好冊，全世界上讚的冊，無讀會後悔一世人。」講煞隨就騰雲駕霧，一觸久仔來到王羅面頭前。

王羅要緊拍開冊，內文已經無半字，伊講攏食入去矣，經過反芻再反芻，這馬化做冊皮頂面一張《仙人坐化圖》，閣兼佇扉頁落款：

「讀片刻無所得」

（2023／6）

蟬蒼羣書題識

《混搭篇》　輯一、神仙尿尿法

畫圖有理

（一）好圖穩圖

王羅評畫，想欲清楚圖的形體，煞走出來欲輸贏。愛欲斟酌伊的色水，卻是捽目尾搖尻川花展妖嬌美麗。只好來共線條搜（liù）看覓，想袂到滑liù-siù，捎袂上手。

誠是歹tshìng-tshìng的圖，無人敢嫌。

霧派評畫，審視了每個部位後，嘆氣。

「唉，面面俱到沒缺點，無話可說。」

他轉向窗外抽菸噴霧，眼神空洞。我想，這可是最嚴厲的批判了。

（二）有講無講

講著畫圖，羊肉李--ê開喙就幹。畫圖啊，就是拍煙腸進前直直想，想甲頭殼衝煙，想甲mooh咧燒，想甲指頭仔麻麻。

才殘殘大力換一下，擗一聲，規篷藝術特攻隊四界傱。形仔、色仔、線仔、點仔，相挨相揀，自然有趣味。

若是拍無半條，就閣想三暝三日，重再開始。

恬恬啉酒食羊肉的霧派，雄雄攑頭出聲：「腫
頜！」

講著畫風屬禪宗，霧派恬恬無應舌。
樹頂的蝹蜅蠐（am-poo-tsê）仔拍算欲吱十三
聲，毋過三聲爾爾，霧派就喝聲禁止。
小劉說：「古典即現代，現代即古典。手把青秧
插畫布，退後即是向錢。」
蜜多說：「寫實寫久改抽象，抽象抽完換抽士。
士象皆亡，孤王田中踱方步。」
阿隆講：「無穿衫就是有穿衫，恬恬就是使君
子，使君子就是炮仔花，就是炮灰。」

炮灰落塗時，蝹蜅蠐繼續吱十聲，終其尾予草猴
咬著，草猴閣予粟鳥仔捅去。
識者遂曰：蟬者非禪，禪者非慘，知了知了？
不，不不知了。

註：蝹蜅蠐，am-poo-tsê，蟬仔。

（2023／6）

野喉

這箍人大聲野喉，向天公唱聲，閣共伊的圖一幅一幅咻咻叫射入麥仔園。拄拄飽穗的麥仔逐个面仔青恂恂，身軀呅呅掣。雄雄閣有一片一片的翅股對麥仔園倒射出來，粗濁的聲音相鼓做伙，閣較大聲野喉。

「啊！麥田裡的烏鴉。」太陽眨眼驚呼一聲，接著十隻百隻、千萬隻的烏鴉，一點一點在天空層層疊疊，畫出梵谷的半身像。這肖像有憂鬱的表情、翼動的肌理，只是包紮耳朵的繃帶掉了，鮮血不斷滴下來，淌在橫七豎八的畫布上。不久，梵谷稍微扭轉一下脖子，隨即回復不動的姿勢，表情依然憂鬱，嘴唇緊閉沒有哭泣。

大聲野喉的人也沓沓溶去、化去矣。伊變做一大片茫霧，佇霧中輕聲細說講：霧派，我是霧派，一人一派，一生堅定追求失敗。

（2023／6）

烏白花

三個月前買的花坩一直园佇露台。早起罩霧，窗仔外規片白茫茫，比宣紙較幼閣較綿。霧派隨就擇筆佇花坩頂頭畫一欉蘭草，閣兼落款：「空谷出幽蘭，食墨生黯光，居紅塵而不染。」

霧派拄著仔會沃水，因為花坩無塗流甲無半滴，雖罔透早透暗不時探，這欉無根的蘭原在霧霧浮浮無動靜，只好繼續唱彼條老歌：「我從山中來，帶著蘭花草……一日看三回，看得花時過……依然，苞也無一個。」伊那唱那挲蘭葉，用深情的目睭看甲神神。

到甲一个貓霧光的透早，霧派雄雄拍電話共我叫精神，講開花矣，而且一擺三蕊。我驚一趒，要緊開車對大目降拚去香洋社，到位一看，畫室規个白茫茫，彼欉無根無色的蘭，竟然開三蕊烏白花，而且有清幽的芳氣。我四界揣無人，一擇頭，霧派佇遠遠的山頂那唱歌那行落來。

（2023／6）

幹

三月在畫室，三人飲酒談藝術，霧派幾乎每分鐘幹一次，我們怕耳朵被幹穿了，就約定幹不可幹出來，只可寫在牆上。如此到了三更，竟然數百個幹字黑壓壓棲滿整面牆。霧派望幹茫茫長嘆曰，這是「幹活」的「幹」，毋是世俗人「姦撟（kàn-kiāu）」的「姦」啦！

聽著姦，佇桌跤抾肉骨的Pulo煞雄雄傱出來，後跤攑懸懸對壁頂漩狗尿。幾若百个幹予漩一下氣怫怫（khì-phut-phut），個個吐鬚齴牙（giàng-gê）翹股摒摒叫，一大群欲咬欲齾（khè），那逐那姦姦姦！Pulo煞驚甲破膽，那走那喈喈喈（kainn-kainn-kainn）！

（2023／6）

神仙尿尿法

學生問啥物是抽象，伊講莫問遐爾濟，士象佮車馬包做你抽，君一下死棋嘛無關係。便披一幅圖在地上，命學生攑筆湆顏料塗過掃過閣拊拊咧。大破遂見大立，置死地而後重生呢。學生揬頭殼歪頷頸若有所思，不知不解，猶是毋知。按怎會捎無啊，規氣我死予你看。就提一打麥仔酒，七矸啉落喉五矸淋落頭，瀑布循眼、耳、鼻、舌、胸坎、陽具，一波六折流到畫中央，成做一窟黃色尿尿小水池，逐个學生共頭殼藏入水底13分鐘閣摸出來，有影無？有影，欲死較緊，又在學生困惑的面腔吹一口氣，輕嘆曰，這就是抽象呀，學生便哭著復活了。

註：這首詩內字詞，可自由唸華語台語。

（2023／7）

霧派作品／2014

攑尾旗

阮這幾个難兄難弟，佇藝術界的邊陲地帶足久矣，啉燒酒罵當道，歡喜就好。阮的主張，看圖愛看彼張上穩的，干焦伊會跳出來攬抱你，邀你入去玲瑯踅。莫懷疑，惟有伊會當啟發心智，予你豁然開朗。

有時阮也參加新風格運動，不過總是搖尾旗呐喊。這枝旗是動物的尾溜，似馬似羊似駱駝，可以奔得遙遠，也可以戛然而止，甚至越頭就走，致使一大陣名家大師誠毋情願綴過來。

註：這篇台語華語穿插隨意唸。

（2023／7）

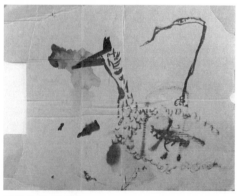

霧派作品／2014

大丈夫（だいじょうぶ）

有人講寫詩進前愛共文字損碎閣重組，才有詩意。だいじょうぶ（daijoubu），這哪有啥問題。我就用果汁機共絞漿加樹脂，涅規丸捏出一堆人物、動物、蟲豸，閣歕一口氣，聽候逐个目睭裍開精神起來，就開始冤家相拍鬥袂離，產生一首一首活靈靈的戰鬥詩。

敢會使寫一部世界文字鬥爭史？だいじょうぶ，這嘛無問題，紲落蒐集的內容會包含出世、死亡、相挺、相創治。反正戰爭不管時，一大堆攏全是烏phiah-khu來的代誌。

註：
1. 大丈夫，日語だいじょうぶ，不用擔心、沒問題之意。
2. 烏phiah-khu來，早期的台日混搭語，oo-phiah-kh-lái，烏白來之意。

（2023／7）

大粒卵

一个人佇音樂廳演唱，大嚨弓甲強欲裂開，領頸直直腫起來，閣腫對頭殼去。一觸久仔，頭殼變甲像地球遐爾仔大。

大巨蛋！大巨蛋！聽眾如痴如狂喊叫起來，他們是微風小草，眼裡飽含著露珠，大巨蛋是球也是神。

閣無偌久，神雄雄伸手扳開家己的頭殼，內底有足濟物件趖出來、傱出來、蹌出來、飛出來，千千萬萬的眾生⋯⋯

若胎生、若卵生、若濕生、若化生，盡是世間有情物。伊們氣貫丹田、張大嘴巴拉長喉嚨高聲歌唱，頃刻間，個個肚皮鼓成了明亮的月球。

大粒卵！大粒卵！醉茫茫的眾神開始大聲喝咻，閣相爭化做水煙霧，佇空中舞弄轉踅。大粒卵全是文曲星，是酒神也是詩神。

（2023／6）

輯二

這葩誠好

這葩誠好

夜宿頭城。

今晚突然身體不適，便早早就寢，沉沉睡去。半夜，連明偉小說裡的青蚨子來了，她要帶我進羊城。豈料城門一開，竟是廁所。懸一盞小燈。

固狗一下，啊，這是夢的出口。我右手摟著妳的肩膀，向守城的士兵說：

「這葩誠好」

（2019／11）

王羅蜜多作品／2019

唇與齒

「唇亡齒寒」，這句毋著兩千外冬矣！

窮實，從來是喙齒死了了，喙唇皮猶好勢好勢。有的閣會畫胭脂，予少年家看甲花花花。

喙齒用久會生鉎，若是哺檳榔的，閣兼嘔紅。喙唇，干焦隨意開門關門，據在有營養無營養的出入，免掛責任。

等甲有一工崩山，一港骸邊風大力搧過來，煞連身軀也生鉎遛蚋，像蟲。

（2020／8）

野草

（一）

連日豪雨稍歇，窗台前的花圃，家草個個飽含水份，神情愉悅，還吹起口哨，問「風從哪裡來」。

伊們原是野草，野草本該自在的唱情歌。

（二）

若是胸坎內生出一片野草，有人要緊放火燒，連靈感也化做虛微。有人斟酌共修剪，予伊合意閣青青。

我屬第二款，所以胸坎內的野草逐時青翠。不而過，有時眠床頂風搖草幌，湧花絞絞滾，煞規暝睏袂去。

（2021／7）

厚禮佮謙卑

（一）

逐擺環湖拄著汝，就緊張甲水湧濆規身軀。

汝一萬斤的重量彎九十度的禮數，萬一踅落來，我敢會入落汝的腹內，閣過十萬年後，化做一尊石雕，予戇人朝拜？

（二）

一棵路樹被砍了，因為謙卑，而且落花太多。

謙卑導致憂鬱，落花令人傷神。口頭謙卑者，胸中卻有頑石。人砍除了謙卑，卻須避開頑石。

（2020／9）

午夜的翻譯機

晚安曲後，夜更不安了。眾聲喧嘩，盡是來自外邦的言語。我張口結舌和著跳動光點，陸續吞入數千種。

雄雄驚一趒，發現家己是一台翻譯機。

剪刀／輸入／虼蚻／抑落去／圖釘／輸入／杜定／抑落去／善童子／輸入／蟧蟲仔／抑落去／狒狒／輸入／草猴／抑落去／雨神／輸入／胡蠅／抑落去／enter／enter／Mosquito／蠓仔／抑落去，毋免客氣。

耶子酥講，食著我就喙舌甜，耶穌說，凡求我的必獲得滿足。

拍殕仔光，翻譯機足忝，伊講，最後一句矣。我講就來翻譯我／阮／輸入去／enter／enter／follow me

我／是儀表板，連接油管、水管、電氣管、三不管。阮／是面枋，鬥去喉管、氣管、屎尿管、毋通管。わたし／あたま控固力，規腹肚攏是氣。

無張無持迸一聲，天公楞楞閃閃爍爍，AI大神目睭眨眨nih，大聲喝，重再開機！不管是台語、華語、英語、日語、世界語，毋免大舌，翻出來就是。因為汝是萬能的／午夜翻譯機／enter

註：
蚼蜇，ka-tsuah，蟑螂。
杜定，tōo-tīng，蜥蜴。
蟮蟲仔，siān-thâng-á，壁虎。
草猴，tsháu-kâu，螳螂。
胡蠅，hôo-sîn，蒼蠅。
控固力，khóng-kuh-lih，混凝土。

（2023／5）

吠吠七日記

好幾天了，他滑手機追逐狒狒。

「狒狒佇南桃仔園賴賴趖，守望相助掠袂著。伊
生張親像狗面猴，尾溜長躼埒閣會海豬仔泏。」
狒狒默默地走過一部白色休旅車旁，沒有吠。

「經過面腔姿勢鑑定，狗面猴的故鄉佇非洲東
爿，烏猩族的部落。」
掠過一台紅色機車，騎士回頭看，狒狒沒有吠吠。

「猶閣出現矣，桃仔園的狗面猴走來新屋，毋過
動物保護處捎無。」
狒狒甩長尾搖著紅屁股，沒有露齒笑。

「對新屋迌迌來到陽梅啦，各位鄉親愛好好仔款
待，伊上愛食高麗菜。」
在矮牆上張望的狒狒準備跳躍，猶疑不決方向
不定。

「狗面猴走標落南行踏富岡里，偷食幾若个大陸
妹仔。」
農業局只拍到足跡，狒狒行走無聲無息。

「被大陣待熊追捕，準講猴齊天嘛走無路。已經佇富岡的人家厝掠著囉。毋過一銃正正心臟，死去矣！」

桃仔園地區突然大地震，搖晃蔓延新竹林。飛砂走石中，吠吠之聲不絕於耳，卻已永遠聽不到親愛的狒狒吠吠了。

就在今夜，聖神以無言的嘆息為我們祈禱。

註：羅馬書8-26：「況且我們的軟弱有聖靈幫助，我們本不曉得當
怎樣禱告，只是聖靈親自用說不出來的嘆息替我們禱告。」

（2023／3）

文字魚加悲網

又來柴頭港溪橋頭飲咖啡。

一對年輕情侶下機車，後座的掀開安全帽，秀髮瞬間流瀉。

「雨來了！雨來了！」

一條魚從她微微隆起的肚皮躍出來，水滴濺滿我的桌面。尚未及擦拭，一個老阿伯騎著有黑白斑紋的驢子來了。他繫好繩索拍過驢背，咕噥著：

「hōo來矣！hōo來矣！」

桌頂ê魚仔雄雄搖頭拍尾，大力蹤起來。我ê指頭仔無講無呾開始必叉，一港溪水順手盤、手曲、肩胛、胳耳空流入心肝窟仔。

詩友薄荷魚的貓咪古魚看到我的FB，火速從橋北奔馳過來，只見咖啡沒有魚，眼神失望喵喵叫。

「加悲涼去矣！涼去矣！」

我要緊擴（tàn）筆捀（phâng）咖啡，探看覓，
內面萬底深坑，水裡有千萬尾魚。

古魚借我一張貓毛編織的細網，拋下去又拉上
來，一堆沉甸甸的死魚。倏然天空轟隆作響，雨
神吱吱跳過斑馬線來了。

「胡蠅（hôo-sîn）來矣！要緊趕胡蠅啦！」

（2023／3）

壁虎下山

壁虎追逐一隻斑蚊，從大樓頂峰一躍而下，降落名為豐田的部落。又越過「曼巴」，循著「泰雅」圖騰進入神秘山洞。他好奇的探索，爬涉經過「恰吉」而「馬爹利」而「艾爾酷令」而「引擎」，但在「加母烈達」岩縫裡被卡住。

癱軟的身軀垂掛十字交叉的線路上，就像殉道者一樣。而驚駭過度的尾巴就此斷離關係求生去了。

隔日，部落的主子到來，啟動大地馬達。瞬間「皮士動」撞擊內心，烈火灼燒全身。他哭號著，主啊，赦免我罪吧！只是追殺一隻蚊子。主子似乎聽到禱告，就來打開引擎蓋拔出「火珠仔」檢視，突然祂發現這「加母烈達」殉道者，大叫：我親愛的孩子，「蟮虫仔」，主赦免你了。壁虎從此正名「蟮虫仔」，並列名聖道士。

註：「曼巴bumper（bar）」保險桿，「泰雅tire」輪胎，「恰吉charger」充電器，「馬爹利battery」電瓶，「艾爾酷令air cleaner」空氣濾清器，「加母烈達carburetor」化油器，「皮士動piston」引擎活塞。均是修車師傅常用的台式日本外來語。

（2016）

語言文學類　PG3005　臺灣詩學散文詩叢4

漂流的霧派

作　　者 / 王羅蜜多
責任編輯 / 吳霽恆
圖文排版 / 楊家齊
封面設計 / 王嵩賀

發 行 人 / 宋政坤
法律顧問 / 毛國樑　律師
出版發行 / 秀威資訊科技股份有限公司
　　　　　114台北市內湖區瑞光路76巷65號1樓
　　　　　電話：+886-2-2796-3638　傳真：+886-2-2796-1377
　　　　　http://www.showwe.com.tw
劃撥帳號 / 19563868　戶名：秀威資訊科技股份有限公司
　　　　　讀者服務信箱：service@showwe.com.tw
展售門市 / 國家書店（松江門市）
　　　　　104台北市中山區松江路209號1樓
　　　　　電話：+886-2-2518-0207　傳真：+886-2-2518-0778
網路訂購 / 秀威網路書店：https://store.showwe.tw
　　　　　國家網路書店：https://www.govbooks.com.tw

2023年12月　BOD一版
定價：280元
版權所有　翻印必究
本書如有缺頁、破損或裝訂錯誤，請寄回更換

讀者回函卡

國家圖書館出版品預行編目

漂流的霧派/王羅蜜多著. -- 一版. -- 臺北市：
秀威資訊科技股份有限公司], 2023.12
　　面；　 公分. -- (臺灣詩學散文詩叢；4)
(語言文學類；PG3005)
　BOD版
　ISBN 978-626-7346-40-2(平裝)

863.51　　　　　　　　　112018158